Werner Färber

Vampirgeschichten

Mit Bildern von Iris Hardt

Ravensburger Buchverlag

Die Deutsche Bibliothek – CIP-Einheitsaufnahme

Ein Titeldatensatz für diese Publikation ist bei
Der Deutschen Bibliothek erhältlich

**Die Schreibweise entspricht den Regeln
der neuen Rechtschreibung.**

1   2   3   4   04   03   02   01

Ravensburger Blauer Rabe – Leserabe
© 2001 Ravensburger Buchverlag Otto Maier GmbH
Umschlagbild: Iris Hardt
Redaktion: Denise Vöhringer
Printed in Germany
ISBN 3-473-34455-9

www.ravensburger.de

Inhalt

Halloween – nichts für Vampire

Evi Ramp summt gut gelaunt vor sich hin. Sie
fiebert dem fröhlichen Fest entgegen, das heute
Nacht steigen soll. Außerdem erwartet sie Besuch
von Gustl Bauer, ihrem lieben Freund vom Land.
Von Jahr zu Jahr freut sie sich mehr auf Halloween.
Die Zahl der Menschen, die sich in der Halloween-
nacht verkleiden, wird immer größer. Die einen
setzen Masken auf und gehen als Werwölfe, die
andern tragen Monsterkostüme. Viele schieben
sich falsche Zähne in den Mund, schminken ihre
Gesichter totenblass und spazieren als Vampire
durch die Straßen.

Sich zu verkleiden hat Evi Ramp natürlich nicht
nötig. Schließlich ist sie eine echte Vampirin. Mit
Urkunde der transsilvanischen Vampirgesellschaft.
Trotzdem malt sie sich schmunzelnd eine Blutspur
in den Mundwinkel und tupft weißen Puder auf ihre
Wangen. Kaum ist sie fertig, klopft es auch schon
an ihrer Gruft. Schwebenden Schrittes eilt Evi zur
Eichentür, um ihren Freund zu empfangen. „Aber

Gustl, wie siehst du denn aus?", ruft Evi lachend, als sie ihren Gast erblickt. Er trägt ein kariertes Hemd, bayerische Lederhosen und einen Filzhut mit Gamsbart. „Das nenne ich wirklich eine gruselige Aufmachung."

Gustl Bauer sieht an sich hinunter. „Nicht wahr?", erwidert er stolz. „Als du gesagt hast, dass sich die Menschen an Halloween verkleiden, bin ich sofort in einen Kostümverleih gegangen."
„Aber die Menschen verkleiden sich zu diesem Anlass doch ganz anders. Sie schlüpfen in

Kostüme, die ihnen normalerweise Angst machen."

„Ja?", fragt Gustl überrascht. „Aber so etwas muss ihnen doch Angst einjagen." Er dreht sich einmal um die eigene Achse.

Evi Ramp zuckt kichernd mit den Schultern. „Ich weiß ja nicht."

Gustl Bauer wechselt das Thema. „Und was geschieht, wenn sich alle verkleidet haben?"

„Na, was schon? Die Leute erschrecken einander und beißen sich gegenseitig in den Hals."

„Klingt viel versprechend."

„Natürlich beißen sie nicht wirklich zu. Sie tun nur so als ob. Wir Vampire haben an Halloween allerdings freie Auswahl. Du wirst sehen – in ihrer Festlaune strecken dir alle den Hals entgegen und lassen sich ohne jede Gegenwehr beißen."

Ihr Freund vom Land kann es gar nicht glauben. „Sie laufen nicht wie üblich schreiend davon?"

Evi Ramp winkt ab. „Aber nein. Sie halten auch uns nur für verkleidete Menschen."

Gustl Bauer reibt sich die Hände. „Dann nichts wie los."

Wenige Minuten später brechen sie auf in die
Dunkelheit. In der Stadt herrscht ungewohnter
Trubel. Unzählige Werwölfe, Vampire, Franken-
steins und andere Monster ziehen durch die
Straßen. Gustl ist der einzige, der Lederhosen
trägt. Die feiernden Menschen knurren, fauchen
und kreischen, um sich gegenseitig zu erschrecken.
Manche fallen sich lachend um den Hals und tun
so, als würden sie einander beißen. Evi stürzt sich
sogleich ins Getümmel. Noch bevor ihr erstes
Opfer merkt, dass es sich in Evis Fall um eine
leibhaftige Vampirin handelt, ist es bereits zu spät.
Gustl steht zögernd am Rand und weiß nicht so

recht, wie er sich verhalten soll. Bald ist seine
Begleiterin in der Dunkelheit verschwunden.
Auch Evi verliert ihren Gast aus den Augen und
versucht, ihn zu finden. Aber das Durcheinander
ist viel zu groß. Evi gibt die Suche auf, um sich den
schier unbegrenzten Möglichkeiten dieser Nacht zu
widmen. Genießerisch wandelt sie von einem Hals
zum nächsten. Erst kurz vor dem Morgengrauen
kehrt Evi satt und zufrieden zu ihrer Gruft zurück.
Plötzlich hält sie misstrauisch inne.
An der hinteren Friedhofsmauer liegt neben Evis
gut verstecktem Eingang eine Gestalt. Mehr kann
Evi in der Dunkelheit nicht erkennen. Sie zögert.

Hat sich etwa doch ein Vampirjäger an ihre Fersen geheftet? Vorsichtig tritt sie näher. „He, Sie! Suchen Sie etwas?", spricht sie die Gestalt an.

Ein fröstelndes Zucken zieht über das zusammengekauerte Wesen. Evi tritt näher. „Hallo? Geht's Ihnen nicht gut?"

Unendlich langsam hebt die Gestalt den Kopf. „Evi?"

„Gustl? Bist du es wirklich?"

„Was noch von mir übrig ist", haucht Gustl.

„Komm schnell rein. Sonst erwischt uns die Morgensonne", sagt Evi Ramp. Unter Ächzen und Stöhnen schleppt sie ihren Freund in die Gruft und verfrachtet ihn auf ihr Sofa. Im flackernden Licht einiger Kerzen erkennt sie, in welch zerrupftem Zustand Gustl Bauer bei ihr angekommen ist. Seinen Filzhut hat er verloren, das Hemd ist zerfetzt, selbst die Lederhose hat Risse. „Erzähl doch", fordert Evi ihren Gast auf. „Was war denn los?"

Gustl berichtet, dass er schon beim ersten Versuch, jemanden zu beißen, ausgelacht wurde.

Beim zweiten Versuch wurde er von seinem Opfer
auf übelste Weise beschimpft. Das dritte Opfer
schließlich rief um Hilfe, die auch prompt kam.
„Wenn ich nicht im letzten Moment davon-
gekommen wäre, hätten sie mich windelweich
geprügelt. Ich hasse Halloween."
Evi schüttelt den Kopf. „An Halloween hat es nicht
gelegen."
„Woran denn sonst?", fragt Gustl beleidigt.
„Du warst nicht schrecklich genug verkleidet." Evi
zeigt auf seine Lederhose.
Gustl Bauer zuckt hilflos mit den Schultern. „Es
war das schrecklichste Kostüm, das ich finden
konnte."
„Für Menschen ist es anscheinend nicht
schrecklich genug."

Spitze Zähne

„Ist wieder alles in Ordnung?", fragt Lehrer
Brockmann. Er streicht Mirko tröstend über die
verschwitzte Stirn.
Mirko atmet tief durch. Er zuckt mit den Schultern.
„Glaub schon", sagt er leise.
„Wir brauchen also deine Eltern nicht mehr
anzurufen?", fragt der Lehrer.
Mirko schüttelt den Kopf.
„Ist auch besser so", sagt Herr Brockmann.
„Immerhin haben wir schon halb drei in der Früh."
Mirko nickt. „Geht schon wieder."
„Schlaft jetzt weiter, Jungs. Und keine Grusel-
geschichten mehr. Morgen früh ist die Nacht
vorüber", sagt Lehrer Brockmann. Er knipst die
Deckenlampe aus. Für einen Moment fällt noch
Licht vom Flur ins Zimmer, dann klickt die Tür
leise ins Schloss. Mirko, Sven, Paul und Kai
lauschen in die Dunkelheit.
Die vier Jungen sind mit ihrer Klasse im Land-
schulheim auf Burg Spitzenfels. Es ist ihre erste

Nacht auf der Burg. Das alte Gemäuer hat sie auf die Idee gebracht, einander vor dem Einschlafen Vampirgeschichten zu erzählen. Obwohl Mirko sonst wirklich kein Angsthase ist, hat er Albträume bekommen. Vor einer halben Stunde ist er schweißgebadet aufgewacht. Im Traum war erst ein Schwarm Fledermäuse hinter ihm her gewesen, dann haben ihn Werwölfe und Vampire umzingelt und in die Enge getrieben. Wäre er nicht im letzten Moment wach geworden, hätten ihn diese Monster wahrscheinlich portionsweise unter sich aufgeteilt. Selbst in wachem Zustand hatte er noch das Gefühl, von ihnen umringt zu sein. Er schlug um sich und rief um Hilfe, bis Sven, Paul und Kai aufwachten und Herrn Brockmann holten.

Im ersten Moment wollte er seine Eltern anrufen
und sich mitten in der Nacht abholen lassen.
Inzwischen geht es ihm wieder besser und er findet
seinen Traum selbst ziemlich albern. Vampire und
Werwölfe – so ein Unsinn. Und Fledermäuse sind
harmlose kleine Tierchen. Wenn man sie sich
genauer anschaut, sind sie sogar richtig niedlich.
Erst gestern Nachmittag hatten sie auf dem
Speicher der Burg welche entdeckt. Kopfüber
hingen sie schlafend von den dicken, alten Balken.
„Na? Noch eine Gruselgeschichte?", fragt Sven in
die Dunkelheit des Zimmers.

„Sei still, ich bin müde", antwortet Paul.

„Ich auch, schlaft gut", sagt Mirko.

„Faule Ausrede", spottet Kai. „Hast bloß Schiss,
dass wieder Vampire über dich herfallen."

„Gar nicht", wehrt sich Mirko.

„Schisshase, Schisshase", lästert Kai weiter.

„Lass ihn in Ruhe", mischt Paul sich ein. Kais
Lästermaul geht ihm manchmal ziemlich auf den
Wecker.

Kai lässt nicht locker. „Mirko macht sich doch vor
Angst in die Hose."

„Selber, du Idiot", erwidert Mirko hilflos.

„Pass auf, was du sagst, Hosenpinkler", zischt Kai.

„Haltet endlich die Klappe. Alle beide", sagt nun auch Sven.

Die Streithähne geben tatsächlich Ruhe.

Doch schon beim Frühstück geht es weiter. Kai erzählt dem Rest der Klasse von Mirkos Albtraum. Den ganzen Tag hat Mirko unter dem Spott der anderen zu leiden. Am liebsten würde er Kai eine donnern. Aber dabei würde er ebenfalls den Kürzeren ziehen. Kai ist fast einen Kopf größer als er.

Gegen Abend nimmt Paul Mirko zur Seite und geht mit ihm zu Sven.

„Bist du immer noch sauer auf Kai?", fragt Sven.

Mirko zuckt mit den Schultern. „Wärst du wohl auch, oder?"

„Wir hätten da so eine Idee", sagt Paul. Er holt eine Plastikdose aus der Tasche und klappt sie auf.

„Ein Vampirgebiss. Und?", fragt Mirko verwundert. Nachdem ihm seine beiden Freunde allerdings ihren Plan erläutert haben, ist er hellauf begeistert.

Beim Zubettgehen überraschen sie Kai mit der Frage, ob er nicht auch wieder Lust auf Vampirgeschichten hätte.

„Dass sich aber Mirko nicht wieder in die Hose macht", lästert Kai erneut.

Mirko schweigt. Rache ist süß, denkt er nur und tastet unter seinem Kopfkissen nach den falschen Zähnen. Auch Paul sucht im Dunkeln nach einem Gegenstand. Er hat sich von Ines einen roten Filzstift geliehen. Mit diesem Stift haben sich Paul, Mirko und Sven jeweils zwei rote Punkte auf den Hals gemalt. Diese Punkte sehen aus wie die Beißlöcher spitzer Vampirzähne. Alle drei wollen wach bleiben, bis Kai eingeschlafen ist. Dann soll die Aktion steigen.

„Kai?", fragt Mirko schließlich nach einiger Zeit in die Dunkelheit.

Keine Antwort.

„Er schläft", flüstert er den beiden anderen zu. Schweigen. Offenbar ist er der Einzige, der wach geblieben ist. Er huscht aus dem Bett, um Sven und Paul zu wecken. Wenige Augenblicke später

malen sie Kai zwei Punkte auf den Hals. Während
Mirko und Sven zurück ins Bett huschen, über-
nimmt es Paul, Kai vorsichtig zu wecken. „He, Kai",
flüstert er. „Wach auf, ich glaube, es war jemand
im Zimmer."

„Was ist los?", fragt Kai verschlafen.

„Es war jemand im Zimmer. Gerade eben. Ich hab
es genau gehört. Und jetzt juckt es mich so
komisch am Hals. Sieht man da was?" Paul knipst

Kais Nachttischlampe an und reckt ihm den Hals
entgegen.

„Zwei rote Punkte. Ziemlich groß", antwortet Kai.

Paul fasst sich erschrocken an den Hals. „Vampirbisse?"

„Red keinen Quatsch", sagt Kai. „Ich bin müde."

Doch Paul starrt mit weit aufgerissenen Augen auf
Kais Hals.

„Was ist?", fragt Kai.

„Juckt es dich denn nicht?" Paul zeigt auf Kais
Hals. „Du hast da auch zwei Punkte."

Nun ist es Kai, der sich an den Hals greift.

Paul spielt weiter. Er eilt ans nächste Bett. „Sven hat auch zwei Punkte. Er wurde auch gebissen", sagt er und tut so, als würde er ihn wachrütteln. „Lass mich in Ruhe", grummelt Sven. „Mir ist schlecht. Ich will schlafen." Er richtet sich stöhnend auf. „Mir tun die Zähne weh." Vorsichtig tastet er mit den Fingern über seinen geschlossenen Mund. Er schüttelt den Kopf. „Seltsam. Meine oberen Eckzähne fühlen sich viel größer an als sonst."

„Ich glaube", flüstert Paul, „wir sind alle von einem Vampir gebissen worden."

Sven sieht Paul erschrocken an. „Du meinst, wir verwandeln uns jetzt selber in welche?" Wie auf Kommando stürzen sie an Mirkos Bett.

Paul rüttelt an seiner Schulter. „Mirko! Wir sind von einem Vampir gebissen worden!"

Mirko schlägt die Augen auf und fängt an zu lächeln: „Ich glaube, dass es diesmal kein Traum gewesen ist." Ganz langsam verzieht er seinen Mund zu einem breiten Grinsen. Die spitzen Eckzähne des Vampirgebisses blitzen den anderen entgegen.

Kai steht das Entsetzen ins Gesicht geschrieben.
Er wendet sich ab, rennt hinaus auf den Flur und
brüllt panisch nach Herrn Brockmann.

In dieser Nacht ist es Kai, der unbedingt seine
Eltern anrufen möchte. Doch Herr Brockmann
kann auch ihn wieder beruhigen. Allerdings dauert
es bei Kai ein klein wenig länger, als in der Nacht
zuvor bei Mirko.

Särge für alle Fälle

Gerade hatte Friedhelm Sanftleben seinen Laden geschlossen, da klopfte eine dunkle Gestalt von außen gegen die Glastür. Er wandte sich um, schob den Ärmel seines Hemdes ein wenig nach oben und deutete mit dem Zeigefinger auf seine Uhr. Er hob bedauernd die Schultern und formte mit den Lippen tonlos ein einziges Wort: „Geschlossen."

Erst jetzt erkannte er, dass es sich bei der Gestalt dort draußen in der Dunkelheit um eine Frau in schwarzer Kleidung handelte. Die Fremde schien seine Geste nicht zu verstehen. Sie zeigte auf ihre Ohren, hob ebenfalls die Schultern und breitete wie zum Empfang eines breiten Paketes die Hände aus.

Wie schon so oft brachte es Friedhelm Sanftleben auch bei dieser Kundin nicht übers Herz, sie abzuweisen. Er kehrte zur Tür zurück und öffnete sie einen Spalt: „Tut mir Leid, gnädige Frau. Ich habe leider schon geschlossen."

Trotz ihres schwarzen Schleiers konnte Herr
Sanftleben erkennen, dass die Kundin enttäuscht
die Augen niederschlug.

„Können Sie nicht eine kleine Ausnahme machen?",
fragte sie kaum hörbar. „Ich hab zufällig ihr Schild
gesehen. Da dachte ich mir, ich schau mal rein. Ich
brauche nämlich einen neuen Sarg."

„Wenn Sie mir die Bemerkung gestatten", erwiderte
Friedhelm Sanftleben, „alte Särge werden Sie in
meinem Angebot nicht finden."

„Bitte. Es geht um Leben und Tod."

„Bei allem Respekt, werte Dame, aber auch das
gehört bei meinen Kunden leider dazu."

„Und außerdem ist der Sarg nicht einmal für mich
selbst", sagte die Kundin.

Auch diese Aussage überraschte Herrn Sanftleben
nicht im Geringsten. Es kam äußerst selten vor,
dass jemand einen Sarg für sich selbst kaufte.

„Er ist für meinen Mann. Wenn er nicht bald einen
eigenen Sarg bekommt, garantiere ich für nichts."

Die Frau machte auf Herrn Sanftleben einen etwas
verwirrten Eindruck. Als er jedoch bemerkte, dass
die späte Kundin ihre Tränen nicht mehr halten
konnte, öffnete er die Tür doch ganz. „Nun kommen
Sie erst einmal herein."

Schniefend fuhr sie sich mit einem Taschentuch
unter den Schleier, um ihre Tränen trocken zu
tupfen. Es dauerte nicht lange und Herr Sanftleben
fing an, seine Gutmütigkeit zu bereuen. Die Frau
wurde nämlich immer wunderlicher. „Wissen Sie",
erzählte sie, „gemeinsam in einem Sarg zu liegen
ist auf Dauer einfach zu eng. – Gut, am Anfang ist
es kein Problem. Solange die Liebe noch frisch ist,
sucht man die Nähe des Partners. Aber mit der
Zeit …", sie schüttelte langsam den Kopf, „… ich
kann Ihnen nur abraten."
Herr Sanftleben spielte inzwischen mit dem
Gedanken, die Polizei zu rufen.

„So etwas endet nämlich immer im Streit", fuhr die Kundin fort. „Erst gestern haben sich mein Mann und ich ganz fürchterlich gestritten. Behauptet er doch glatt, ich würde schnarchen. Dabei ist er es, der schnarcht. Und Sie glauben gar nicht wie laut. Es hört sich an, als würde er ganze Wälder zu Zahnstochern verarbeiten. Aber dieses eine Mal habe ich nicht klein beigegeben." Sie hob drohend ihre Faust, in der das zerknüllte Taschentuch steckte. „Ich habe mich durchgesetzt." Mit einem heftigen Nicken verlieh sie ihren Worten Nachdruck.

Herr Sanftleben wurde von Minute zu Minute nervöser. Hatte er es mit einer Mörderin zu tun?

Hatte diese seltsame Kundin vielleicht ihren
Mann …? Der arme Bestatter mochte seinen
Gedanken nicht zu Ende führen. Während er
seinen düsteren Verdacht hin und her wälzte, hatte
die Frau begonnen sich im Laden umzusehen.
Herr Sanftleben zuckte erschrocken zusammen,
als sie ihn überraschend von hinten ansprach.

„Ach, der ist wirklich hübsch. Der könnte meinem
Mann gefallen. Und so geräumig. Darf ich mal?"
„Dürfen Sie mal was?", fragte Herr Sanftleben.
„Mich hineinlegen natürlich", erwiderte die Dame.
„Ich kaufe doch keinen Sarg, ohne darin gelegen
zu haben. Es handelt sich schließlich um eine
Anschaffung, von der man längere Zeit etwas
haben will."

Herr Sanftleben schluckte. Er fühlte sich immer hilfloser. Ohne eine Antwort abzuwarten, klappte die Frau den Deckel hoch. Sie schob einen Stuhl neben den geöffneten Sarg, kletterte hinein und legte sich flach. Nach wenigen Sekunden hob sie den Kopf. „Wären Sie bitte so freundlich, ihn zu schließen?" Schon war ihr Kopf wieder im Sarg verschwunden.

Herr Sanftleben fuhr sich mit den Händen übers Gesicht. Wie hatte er diese Kundin nur herein-lassen können? Sollte er ihrem Wunsch nach-kommen und den Sarg schließen? Dann könnte er schnell zum Telefon eilen und Hilfe herbeirufen. Aber nein. Am Ende bekam sie nicht genug Luft und erstickte. Nachdem der Bestatter ihrer Bitte offensichtlich nicht nachkommen wollte, griff die Dame selbst zum Deckel. Rumms – war der Sarg geschlossen. Herr Sanftleben zuckte zusammen. Und schon im nächsten Augenblick fuhr ihm ein weiterer Schreck in die Glieder. Ein eleganter Herr trat in den Laden. Der Herr hatte eine auffällig blasse und ungesunde Gesichtsfarbe. Die Ränder

seiner Augenlider wirkten entzündet. „Verzeihen
Sie, mein Herr", sagte der Eindringling, „Sie haben
nicht zufällig meine Frau gesehen?"
Herr Sanftleben zählte eins und eins zusammen.
Die beiden schienen zueinander zu passen. Er
zeigte auf den Sarg. „Könnte es eventuell die
Dame da drinnen sein?", erwiderte er fragend.

Der schwarz gekleidete Herr schien sich nicht im
Geringsten über den Aufenthaltsort seiner Frau
zu wundern. Er war wohl einiges gewohnt. „Sie
müssen entschuldigen", sagte der Herr, „es liegt
eine Verwechslung vor." Mit wenigen Schritten war
er am Sarg. Er hob den Deckel. „Was machst du
nur für Sachen, Liebling?"

„Einen Sarg kaufen – und versuche nicht wieder,
mich davon abzuhalten", erwiderte die Frau
trotzig.

„Du sollst deinen Willen haben", sagte der Mann.
„Aber doch nicht hier. Wir haben doch unsere
eigenen Sargläden."

„Tatsächlich?" Die Frau blickte ihn ratlos an.
Der schwarze gekleidete Herr half ihr aus dem
Sarg, hakte sich bei ihr unter und ging zur Tür.
„Verzeihung", sagte er zu Herrn Sanftleben, „meine
Frau gehört noch nicht lange zu uns. Sie weiß noch
nicht, dass unsereins nicht bei Menschen kauft."
Mit einer leichten Verbeugung hob er seinen
Zylinderhut und wünschte freundlich lächelnd eine
gute Nacht.

Herrn Sanftleben stand das Entsetzen ins Gesicht geschrieben. Erst im letzten Moment hatte er die Zähne des vornehmen Herrn gesehen. Aber damit nicht genug. Kaum hatten die zwei schwarzen Gestalten die Tür hinter sich geschlossen, machten die beiden gleichzeitig eine Art Kniebeuge. Sie sprangen in die Luft und schwebten Hand in Hand dem sternlosen Nachthimmel entgegen.

Schwankend ging Herr Sanftleben zur Tür und drehte den Schlüssel im Schloss. Atemlos lehnte er sich mit dem Rücken gegen die Tür und rutschte langsam zu Boden. So schnell würde er keinen verspäteten Kunden mehr in seinen Laden lassen.

Tolle Werbung

„Ist er endlich da?", fragte der Chef der Werbe-
firma.

Seine junge Mitarbeiterin nickte. „Gerade eben
angekommen. Pünktlich auf die Minute. Mit
Einbruch der Dunkelheit."

Der Chef zog sein Taschentuch hervor, um sich die
feuchte Stirn zu tupfen. „Hat er tatsächlich solche
spitzen – ähm – Eckzähne?"

„So spitz und so lang, wie es im Vertrag steht",
antwortete seine Mitarbeiterin.

Das Gesicht des Werbechefs hellte sich auf. „Es
war riskant, den Vertrag zu unterschreiben, ohne
ein Foto von ihm gesehen zu haben."

„Herr Goldmann", erwiderte die Mitarbeiterin. „Sie
wissen doch selbst, dass sich Vampire nicht
fotografieren lassen."

Herr Goldmann nickte. „Hauptsache er ist da und
wir können beginnen. Jede Minute kostet Geld."

Er fasste in seine Schublade und holte eine sehr
merkwürdige Halskrause heraus.

„Was haben Sie denn da?", fragte die Mitarbeiterin neugierig.

„Da staunen Sie, was?", erwiderte Herr Goldmann stolz.

„Das habe ich selbst erfunden. Sonderanfertigung."
Er klopfte mit den Knöcheln auf die Halskrause.
Sie war offenbar aus härtestem Stahl gefertigt. „Der
einzig wirksame Schutz gegen Vampirbisse." Er
legte die Halskrause an. „Spitze Zähne hin, spitze
Zähne her – mir kann unser lichtscheuer Star
nichts mehr anhaben." Mit elegantem Schwung
warf er einen Schal um die schützende Halskrause
und ging mit seiner Mitarbeiterin ins Studio. Herr

Goldmann drehte Werbefilme. Seine witzigen
Ideen kamen beim Publikum gut an. Für den
nächsten Werbefilm, in dem es um Zahnpasta
ging, hatte er einen echten Vampirjungen
gewinnen können. Allerdings war ihm der Bursche
mit dem ausgefallenen Namen Radu Cal nicht
ganz geheuer. Erst wollte der lichtscheue Schau-
spieler für seine Arbeit nicht mit Geld, sondern mit
frischem Blut bezahlt werden. Dann hatte er sich
bis zum heutigen Tag kein einziges Mal persönlich
sehen lassen. Wenn er wenigstens ein Foto von
sich vorgelegt hätte. Aber nicht einmal das konnte
er zur Verfügung stellen. Er hatte lediglich eine

Bescheinigung seines Zahnarztes geschickt, in der
stand, dass seine Zähne ebenso spitz wie gepflegt
waren.

Im Studio begrüßte Herr Goldmann den jungen
Vampir äußerst herzlich. Dank seiner schützenden
Halskrause wagte er sogar, ihn zu umarmen.

„Du siehst fantastisch aus", sagte er und meinte
es auch. Radu Cal erfüllte voll und ganz seine
Erwartungen. Bis auf einen weißen Schal war der
Vampir komplett in Schwarz gekleidet. Schwarze
Weste, schwarzer Umhang, schwarze Hose. Im

dunklen Glanz seiner polierten Stiefel konnte man sich spiegeln. Die pechschwarzen Haare waren streng nach hinten gekämmt, seine Haut wirkte aschgrau, die Lippen waren blass, seine Augen hatten rote Ränder.

„Ähm, dürfte ich vielleicht mal – wenn es dir nichts ausmacht, ich meine, ich habe noch nie …"
Der Vampir sah Herrn Goldmann fest in die Augen. „Was denn?", fragte er flüsterleise. Es klang ein wenig bedrohlich.

„Ich meine – ähm …" Herr Goldmann fuhr sich mit zwei Fingern vor dem Mund herum. „Du weißt schon", fügte er hinzu und lächelte gekünstelt.

„Sie wollen meine Zähne sehen?", zischte Radu Cal. „Warum sagen Sie das nicht einfach?" Betont langsam zog er die Mundwinkel auseinander, bis er schließlich ein strahlendes Lächeln zeigte. Die beiden Eckzähne waren in der Tat beeindruckend und unglaublich weiß.

„Dann könnten wir eigentlich mit der Arbeit beginnen", sagte Herr Goldmann zufrieden und nervös zugleich.

„Deshalb bin ich ja wohl auch gekommen",
erwiderte der Vampir.

Während der Aufnahmen erwies sich der Vampir
als wahres Naturtalent. Radu Cals Partnerin
im Werbespot himmelte ihn schon nach wenigen
Minuten an. Der Regisseur war begeistert.

„Wenn ich mich irgendwann einmal von einem
Vampir beißen lassen möchte", sagte die Schau-
spielerin während einer kurzen Pause, „würde
ich dich wählen."

„Ich komme gerne darauf zurück", erwiderte Radu
Cal mit einer eleganten Verbeugung.

Als hätte er in seinem jungen Vampirleben nie etwas anderes gemacht als Werbefilme, folgte er ohne Umstände den Anweisungen des Regisseurs. Er putzte zigmal die Zähne, er lächelte mit oder ohne Zahnpastaschaum vor dem Mund in die Kamera. Mit den Worten „Und außerdem schmeckt sie ganz klasse" biss er sogar mehrmals herzhaft in frische Tuben.

„Ausgezeichnet", rief Herr Goldmann, als sie mit den Dreharbeiten fertig waren. Obwohl er seine schützende Halskrause mittlerweile abgelegt hatte, weil er so fürchterlich schwitzte, umarmte er den Vampir erneut. „Dann wollen wir uns die hübschen Bilderchen mal ansehen", sagte er gut gelaunt. Mit entspannten Gesichtern begaben sich alle in den Vorführraum. Dort erlebten sie allerdings eine herbe Enttäuschung. Der Vampir war im Film kein einziges Mal zu sehen. Man sah den Schaum, wo eigentlich auch noch ein Mund mit Zähnen hätte sein müssen. Man konnte auch deutlich erkennen, wie sich zwei Löcher in eine neue Tube bohrten. Und man konnte beobachten, wie sich Radu Cals

Partnerin nach vorne beugte, um für die Kamera so
zu tun, als würde sie sich in den Hals beißen
lassen. Nur vom Vampir und seinen Zähnen war in
keiner der Szenen etwas zu sehen.

Zunächst war Herr Goldmann sprachlos. „Vertragsbruch", stammelte er dann, als er endlich wieder
Worte fand. „Das ist eindeutig Vertragsbruch."

„Wie bitte?", fragte Radu Cal. Die Freundlichkeit
der letzten Stunden war plötzlich verflogen und
eisiger Kälte gewichen.

„Tut mir Leid", sagte Herr Goldmann, der sich nun
wieder im Griff hatte und ganz Geschäftsmann
war. „Dafür kann ich dir wirklich kein Geld geben."

„Es liegt aber doch nicht an mir, wenn eure teuren
Kameras unsereinen nicht filmen können."

Herr Goldmann schüttelte entschieden den Kopf.
„Für diese Aufnahmen Geld zu verlangen,
erscheint mir doch ein wenig unverschämt, junger
Freund. Schließlich ist nichts Brauchbares drauf."
Trotz Herrn Goldmanns ablehnender Haltung,
hellte sich Radu Cals düstere Miene plötzlich auf.
Er zog die Mundwinkel breiter, bis seine tadellos
gepflegten Eckzähne zum Vorschein kamen.
Genau wie zu Beginn ihres Treffens. „Was ist
schon Geld?", fragte er lächelnd. „Hauptsache, es
hat Spaß gemacht." Er breitete die Arme aus, um

sich mit einer Umarmung von Herrn Goldmann zu verabschieden. „Vergessen wir das Ganze."

„Einfach so? Ganz ohne böses Blut?" Nun hellte sich auch Herrn Goldmanns Miene wieder auf. Dass er so einfach davonkommen würde, hätte der ausgefuchste Geschäftsmann nicht erwartet. Erfreut drückte er den verständnisvollen Vampir an seine Brust.

„Ganz ohne böses Blut", sagte Radu Cal noch einmal, nachdem er sich aus der langen Umarmung von Herrn Goldmann gelöst hatte. Mit flinker Zunge leckte er sich über die Lippen, verbeugte sich und schritt zur Tür. Sekunden später war er verschwunden.

„Toller Kerl", sagte Herr Goldmann anerkennend.
„So jung und doch so weise. Schade, dass die
Aufnahmen nichts geworden sind."
Erst jetzt nahm er die seltsame Stille wahr, die im
Vorführraum herrschte. Alle Blicke waren auf ihn
gerichtet. „Was glotzt ihr so?", fragte Herr Goldmann. Alle starrten auf seinen Hals. Ruckartig
fuhr seine Hand an die Stelle. Sofort konnte er die
kleinen, kraterartigen Beulen ertasten. „Er hat
mich doch nicht etwa – aber ich habe es nicht
einmal gespürt." Und damit fiel Herr Goldmann
in Ohnmacht.

Vampirschloss

Auf Zehenspitzen schleicht Mirjam durch das verfallene Schloss. Die Bodendielen knarren. Die wenigen Scheiben in den Fenstern sind gesprungen. Es zieht wie Hechtsuppe. Im Obergeschoss knallt eine Tür. Draußen, im dunklen Wald ruft ein Käuzchen. Oder ein Uhu? Mirjam kann die Rufe der beiden Nachtvögel nicht unterscheiden. Wohin soll sie jetzt gehen? In die Küche. Ja! Vielleicht findet sie dort Knoblauch. Knoblauch hilft gegen Vampire. Das wird jedenfalls in Vampirgeschichten immer behauptet. Vorsichtig blickt Mirjam um die Ecke. Die Luft ist rein. Jetzt bloß keinen Krach machen. Die Küche ist im Erdgeschoss. Stufe für Stufe geht sie die Treppe hinunter. Dass die Stufen aber auch alle so quietschen müssen. Endlich ist Mirjam unten angelangt. Sie fasst auf die staubige Klinke und öffnet die Tür. Wie es scheint, ist in der Küche tatsächlich keine Menschenseele. Aber was heißt das schon? Vampire haben ja schließlich sowieso keine Menschenseele. Was den Knoblauch anbelangt, ist Mirjam jedoch mehr als zufrieden. Von der Decke hängen mindestens ein Dutzend geflochtene Knoblauchzöpfe. Erleichtert atmet sie auf. So viel Glück auf einmal kann sie kaum fassen. Wie einen Schal legt sich Mirjam einen langen Knoblauchzopf um den Hals. Keinen Augenblick zu früh. Schon geht die Tür auf. Mit breitem Grinsen betritt ihr Verfolger den Raum. Seine spitzen Eckzähne stülpen sich über die Unterlippe. Siegessicher hält ihm Mirjam den Knoblauch entgegen.

„Lecker", säuselt der Vampir. „Nichts schmeckt so gut wie Knoblauch über dem süßen Aroma von frisch gezapftem Blut."

„Aber – ich dachte", stammelt Mirjam, „Vampire mögen keinen Knoblauch."

Lachend wirft der Vampir seinen Kopf in den Nacken und kommt unbeirrt näher. „Wer behauptet denn so einen Blödsinn?", erwidert er grinsend. Mirjam holt aus und schleudert dem Vampir den Knoblauchzopf um die Ohren. Er wendet sich

ab und hebt schützend die Hände vors Gesicht.
Mirjam nutzt die Gelegenheit und flitzt an ihm
vorbei zur Tür hinaus. Sie rast die Treppen hinauf
und versteckt sich im nächstbesten Zimmer.
Diesmal ist sie in einem Schlafzimmer gelandet.
Eine dicke, muffige Daunendecke mit kariertem
Überzug liegt auf dem Bett. Direkt über dem Kopf-
kissen hängt ein Holzkreuz. Mirjam klettert aufs
Bett, nimmt das Kreuz von der Wand und hält es
vor sich. Vampire hassen Kreuze. Sie können

nicht an ihnen vorbei. Das weiß Mirjam aus Filmen.
Endlich fühlt sie sich sicher. Mit dem Holzkreuz
in der Hand hat sie nichts mehr zu befürchten. Sie
schleicht zur Tür, öffnet sie einen Spalt und schaut
hinaus. In der Dunkelheit kann sie nichts erkennen.
Ob sich der Vampir nun doch freiwillig verkrümelt
hat? Vielleicht ist er müde geworden und hat sich
in seinen Sarg zurückgezogen.
Plötzlich fühlt sie eine Hand auf ihrer Schulter.
„Suchst du jemanden?", fragt der Vampir hinter ihr.
Mirjam entfährt ein gellender Schrei. Wie kommt
der Kerl plötzlich hinter sie? Sie windet sich aus
seinem Griff, reißt das Kreuz hoch und weicht um
einige Schritte zurück. Mit ausgestreckten Armen
hält sie es ihm entgegen. Was dann passiert, kann
sie einfach nicht glauben. Genauso wenig, wie
sich der Vampir vom Knoblauch abschrecken ließ,
scheint er sich über das Kreuz aufzuregen. Wieder
zeigt er breit grinsend seine Zähne. Er schüttelt den
Kopf. „Es ist wirklich nicht zu fassen, was sich die
Menschen für Märchen über Vampire ausdenken",
sagt er mitleidig. Ganz langsam geht er auf Mirjam

zu, die inzwischen ängstlich in einer Ecke kauert.
Sie sieht keinen Ausweg mehr. Gleich wird der
Vampir sie packen und ihr in den Hals beißen.
Schon beugt er sich mit geöffnetem Mund über
sein Opfer. Im letzten Augenblick reißt Mirjam das
Kreuz in die Höhe. Ihr Gegenüber beißt kraftvoll
zu. Es knirscht. Mirjam braucht einen Augenblick,
um zu begreifen, dass es nicht ihr Hals ist, den
der Vampir erwischt hat. Entsetzt starrt er sie an.
Mirjam krabbelt auf allen vieren davon.
„Ning chochock gach Ging wech", nuschelt der
Vampir. Er zerrt mit aller Kraft an dem Kreuz, das
fest auf seinen Eckzähnen steckt.

„Nimm das Ding doch selber weg", sagt Mirjam.
„Ich hoffe, du schaffst es nie." Kaum hat sie sich
abgewendet, um den fiesen Vampir hinter sich
zu lassen, spürt sie erneut eine Hand auf ihrer
Schulter. „Nein!" Mirjam schlägt voller Panik mit
beiden Armen um sich.
„He, he, Mirjam, ganz langsam", sagt eine ihr sehr
vertraute Stimme.

Mirjam schlägt die Augen auf. „Papa?", fragt sie
erstaunt. „Wo kommst du denn her?"
Papa schüttelt den Kopf. „Nun werd erst mal richtig
wach", sagt er. „Du hast im Schlaf geschrien. Hast
wohl schlecht geträumt."

Mirjam schlingt ihre Arme fest um Papas Hals und denkt einen Augenblick nach. „Geht so", antwortet sie schließlich.

„Vielleicht solltest du solche Sachen nicht direkt vor dem Einschlafen lesen." Papa zeigt auf das Vampirbuch, das auf ihrem Nachttisch liegt.

„Ach wo", sagt Mirjam. „Das Buch hat nichts mit meinem Traum zu tun. Außerdem hatte ich mich eigentlich gerade gerettet."

„Eigentlich?", hakt Papa nach.

„Ja, klar. Ich wollte eben abhauen, da bist du plötzlich aufgetaucht und hast mich ganz fürchterlich erschreckt."

„Na ja", sagt Papa. „Einer muss ja Schuld haben. Meinst du, dein Traum ist jetzt vorbei?"

Mirjam nickt voller Zuversicht und lässt sich von Papa noch einen Gute-Nacht-Kuss geben. „Gute Nacht", sagt sie und kuschelt sich wieder in die Bettdecke. Natürlich ist der Traum jetzt vorbei. Nun weiß sie ja, dass Kreuze tatsächlich gegen Vampire helfen. Man muss sie nur ganz anders einsetzen, als in den Geschichten immer erzählt wird.

Kleiner Irrtum

„Vera, ich kann bald nicht mehr", beschwert sich Viktor Vampirello bei seiner Begleiterin. „Wie weit sollen wir denn noch fliegen?"

„Kehr doch um und flieg wieder nach Hause. Was bist du heute bloß wieder für ein Milchzahn?", erwidert Vera Beißdichkova, mit der er einen nächtlichen Ausflug unternimmt. „Gleich hinterm nächsten Berg sind wir da."

„Gleich hinterm nächsten Berg. Sehr witzig. Das ist schon der fünfte nächste Berg", mault Viktor schlecht gelaunt. Sein Stimmungstief kommt nicht von ungefähr. Seit über einer Stunde behauptet Vera, dass sie ihr Ziel gleich erreichen würden. „Was kann ich dafür, wenn du fünfmal dieselbe Frage stellst?", erwidert Vera, ohne den Blick von der Landschaft tief unter ihnen zu wenden. Dabei kann man in dieser sternlosen Neumondnacht selbst mit Vampiraugen kaum etwas erkennen. Viktor ist inzwischen absolut sicher, dass sich Vera schon vor längerer Zeit so richtig schön verflogen

hat. Seit Tagen hat sie nur noch von diesem
Ausflug gesprochen. Allerdings immer nur in
geheimnisvollen Andeutungen. Viktor hat ganz
schön lange baggern und bohren müssen, bis
sich Vera endlich verplappert und dann doch
alles erzählt hat. Sie wollen ihren Blutdurst in der
heutigen Neumondnacht mit einem besonders
edlem Tröpfchen stillen. „Du glaubst gar nicht, wie
lecker das Blut von kleinen Rehkitzchen schmeckt“,
hat Vera gesagt, nachdem sie letzte Woche zufällig
ein Rudel Rehe entdeckt hatte. Schon beim
Erzählen hat sie sich genüsslich über die Lippen
geleckt.
„Tun wir den Rehkitzen eigentlich weh?“, fragt
Viktor nun besorgt.

„Sag mal", fragt Vera. „Sind wir Vampire oder nicht?"

Im Schutz der Dunkelheit streckt ihr Viktor die Zunge heraus. An Veras Angeberei wird er sich wohl nie gewöhnen.

„Pass auf!", stößt Vera plötzlich hervor.

Im ersten Moment glaubt Viktor, sie hätte ihn trotz der Dunkelheit beim Rausstrecken der Zunge ertappt. Fehlalarm. Sie hat nur endlich die Lichtung entdeckt, die sie seit mehreren Bergkuppen sucht.

„Ab jetzt keinen Mucks mehr", raunt Vera.

„Ich seh nichts", antwortet Viktor flüsternd.

„Bleib dicht bei mir. Dann kann dir nichts passieren. Der erste Biss gehört dir."

Bei so viel Großzügigkeit kann Viktor nur noch die Augen verdrehen. „Danke", flüstert er ironisch. Wenn er allerdings nicht schleunigst einen großen Schluck zu trinken bekommt, kippt er tatsächlich bald aus den Latschen.

Leise gleiten sie tiefer, um zur Landung anzusetzen. Viktor kann nicht einmal die Hand vor Augen erkennen. Er verlässt sich voll und ganz auf Vera.

„Autsch", stößt Viktor plötzlich hervor. Er hat den Zweig eines Baumes gestreift.

„Sei leise", zischt Vera verärgert. „Was ist denn nun schon wieder?"

„Nichts", erwidert Viktor kaum hörbar. Ihm ist klar, dass sie sich jetzt wirklich ganz still verhalten müssen. Auch er hat inzwischen den Geruch von Wildtieren in der Nase. Der Geruch wird stärker. Schon glaubt Viktor die Körperwärme eines Tieres zu fühlen. Ihm läuft das Wasser im Mund zusammen. Sie können höchstens noch zehn Meter von ihrer Abendmahlzeit entfernt sein. Auch

Vera spürt die Nähe eines Warmblütlers. Sie fasst
Viktor an der Hand. Nahezu geräuschlos setzen
sie auf und stehen im nächsten Moment auf einer
feuchten Wiese.

Viktor schnüffelt. „Riechen so Rehe?", fragt er
verwundert. Er hat noch nie eines gerochen.
Weshalb kommt ihm dieser Geruch trotzdem so
bekannt vor? Ein Kribbeln im Nacken sagt ihm,
dass es sich um eine unangenehme Erinnerung
handeln muss. Er kann sich jedoch beim besten
Willen nicht daran erinnern, um welche genau.

„Natürlich riechen Rehe so", haucht Vera kaum
vernehmbar. „Du zuerst. Los, keine fünf Meter
vor uns."

Viktor schreitet tastend durchs feuchte Gras. Er
bleibt noch einmal stehen. Nein, das ist kein
Reh. Schnuppernd versucht er diesen bekannten
Geruch aus den tiefsten Höhlen seiner Erinnerung
zu kramen. Plötzlich hört er ein kehliges Grunzen.
Augenblicklich fällt ihm wieder ein, woher er
den Geruch und auch dieses Geräusch kennt.
Aus der Vampirschule. Und zwar als sie das

Kapitel „gefährliche Warmblütler" durchgenommen haben. „Vera!", ruft er ohne jede Vorsicht. „Schnell weg hier." Ohne zu zögern wendet er sich ab, um Geschwindigkeit für den Start aufzunehmen. „Vorsicht, Viktor!", ruft im selben Moment Vera. Hals über Kopf rennen sie über die Wiese. Hinter ihnen hören sie das wütende Schnauben und das dumpfe Getrampel eines Wildschweins. Oder ist

es eine ganze Rotte? Viktor mag gar nicht daran denken. Dann heben sie endlich ab. Sie sind in Sicherheit.

„Rehe", sagt Viktor knapp.

Vera sagt nichts.

„Und was essen wir jetzt?", mault Viktor weiter. Auch auf diese Frage bleibt Vera die Antwort schuldig.

Geschichten zum fröhlichen Schmökern

Werner Färber / Iris Hardt
Vampirgeschichten
Bissig geht es zu – und witzig sowieso! Eine Vampir-Dame will nicht mehr im gleichen Sarg mit ihrem Mann schlafen, weil er schnarcht. Ein Vampir mit bestem Gebiss wird Werbe-star. Victor Vampinello und Vera Beißdichkova treiben ihr Unwesen usw.

ISBN 3-473-**34455**-9

Jo Pestum / Fred Ruillier
Fußballgeschichten
Bastian klaut seinem Bruder einen Lederball, damit er nicht mehr mit dem doofen Plastikball spielen muss. Als die Jungs von der Astrid-Lindgren-Schule gegen die „Kästner" spielen, kriegen sie keinen Ball ins Netz. Der Kästner-Torwart ist – ein Mädchen!

ISBN 3-473-**34456**-7

Peter Abraham /
Wilfried Gebhard
Piratengeschichten
Weil Joe nur Unsinn im Kopf hat, schickt ihn sein Vater zum strengen Käptn Dodel-kog aufs Schiff. Mary und Esther werden, als Jungs verkleidet, Flusspiraten. Esmeralda, von Piraten gefangen, verliebt sich in den Schiffsjungen.

ISBN 3-473-**34457**-5

Gute Idee.

Ravensburger